歌集

ミドリツキノワ

やすたけまり

短歌研究社

もくじ

カバー写真　やすたけまり
手書き文字　猫町フミヲ

ミドリツキノワ

すなば・パレット・植物図鑑

本棚のなかで植物図鑑だけ（ラフレシア・雨）ちがう匂いだ

山木蓮うたい出せその手をうえにむすんだら春ひらいたら風

枇杷の木を上から下へたどるのが段々畑をぬけるちかみち

ジュズダマの穂をひきぬけばひとすじの風で河原と空がつながる

ポップコーンみたいに増えて困ってる　ないしょで蒔いたフウセンカズラ

爪よりもちいさくなったチョークたちヒマラヤスギにあつまりなさい

学校のすなばにだれがタクラマカン砂漠の砂をはこんで来たの

さわってはいけないものを投げあげたストップモーション塩素のひかり

ゆっくりともたれかかって八月の土管で耳をからっぽにする

あしのうらあつくないから夕立に笑われながら洗われながら

ブランコの板をかかえて目をとじて（嵐の海で船はこわれて）

二学年上の算数プリントを拾う　暗号としてうずめる

さすが国道　ビルの窓辺のほこりからダリアのように砂鉄が採れた

ながいこと水底にいたものばかり博物館でわたしを囲む

うつくしい桃の樹液は筆箱のなかで琥珀にちかづいてゆく

あふれだす花のひとつが海藻に見える植物図鑑の表紙

ほんものをみたい　ブリキの胴乱はむかしのものかみらいのものか

つぎつぎと手をはなす音たしかめてスズメノカタビラゆさぶっている

根もとから一センチにはトゲがないママコノシリヌグイこわくない

むらさきをすこし混ぜてもニワトリのとさかの厚さ描けなかった

花びらの枯れたところも歯ブラシの影もみつけている五年生

ニワトリとわたしのあいだにある網はかかなくていい？　まようパレット

アポロチョコみたいな首を持っているハルノノゲシのミルクは苦い

図書館のおねえさんはあのいじわるな鳩となかよくなりたいという

やまのこのはこぞうというだいめいはひらがなすぎてわからなかった

スズガヤのくしゃくしゃ髪をひとすじも切らずにほどくみどりの時間

とんがった砂利を拾えばとんがったゆうがたの影すいこまれてく

公園にべつの名まえをつけるのが流行りはじめてそのあと春が

黒猫文具店

旅人用手帳売場でほんとうに旅をしてきたひとをみている

なでられたあとで夜へとすりぬける毛並のいろのインクください

いつか描くぼくが描く春の粒子を埋めこんである青いパステル

真夜中にはたらいているホチキスのつめたいせなかちいさなくしゃみ

名をふかく彫られるまでは消しゴムの分子くっつきあっておやすみ

サンプルの日記帳から野葡萄の蔓　抜け道はまだありますか

ためし書き用紙に青く試すもの十一月の次にあるもの

すべり台の下から

幼稚園の自由あそびの時間はいつも、ともだちのなこちゃんとふたりで、すべり台の下にいた。

小さいけれどどっしりした石のすべり台。

あれは御影石だったのだろうか。陽があたるときらきらしていた。

下にしゃがみこんでいると、象のおなかをみあげているようだった。

そだつ場所えらんで春の園庭の大きな石の下にいました

すべり台に埋められていたつぶつぶがひかりのなかでひかりを放つ

土の中みずとはっぱのゆめをみてふっとみどりになる雨蛙

カワセミを見たからきょうは水面におなかをぶつけないでとびこむ

毒のあるさかなを素手でつかまえてしらないひとにしかられました

毒のあるさかなは毒があることを知らないわたしを刺さなかったよ

網戸には水のレンズが残されて夕立がまたひとつ終わった

噴水がおおきくてちかづけなくてきゅきゅっと鳴いたきりのサンダル

むかしむかしおおきなものをはこぶのは舟だけでしたとうたうせせらぎ

じいちゃんの部屋の富山のくすり箱トンプクケロリンけむりのにおい

浜千鳥　波の銀色しみとおり「どうようえほん」の重たいページ

サスケよりちいさいわたし　コトバでは「ひかり」と「影」と「闇」をおぼえた

からっぽの石けん箱をしずめたらぷくぷく話しだす日なた水
おひるだよ　呼ばれて立ち上がったからバケツの国は消えてしまった
ならんでる黒いものより怖かった「かもじや」という看板の文字
バターボール三個十円いつだってガラスのなかでころころねむる

「カステラのハネあります」の貼り紙がひらひらしてた水曜日、晴れ。

お店ではない場所が商店街にうまれてそこにだけ陽があたる

えんぴつの先が子犬の鼻みたい　まるくなったらやさしいてがみ

「冒険ルビ」のおわるとき

タイトルもストーリーもおぼえていない。
まだまだつづくはずだった宇宙の冒険があっけなく終わってしまい、主人公の男の子が号泣している。でも、仲間の女の子はあっさりとあきらめて「あしたまたね　バイバイ」と手を振って帰ってしまう。
うそだ。ぜったいそんなふうにあきらめられない。

そう思ったことだけをおぼえていた漫画は、手塚治虫作「冒険ルビ（『小学二・三年生』版）」だったとわかった。学年によって異なる三パターンの同時連載……？

ひとつ下の学年のあなたは、ちがう最終回をみていたんだね。

のら犬のクロ・自転車に乗れるきみ・乗れないぼくの順に夕日へ

4時5分山沿いは風テレビからざざざと飛んだ「受信相談」

虹の根が街のどこかにふれていて「こどもニュース」はこわくなかった

やわらかいのりものとしてえらばれた一反もめんが闇をゆきます

動物園じゅうのあくびをゆらゆらとあつめて雲にうまれたつばさ

マヨネーズ一〇〇〇〇kgで満たされたタンクローリー月見て跳ねる

白樺の樹液とバニラ　まっすぐな木のスプーンに遠くの匂い

赤土とつめたい砂利でできていた。凧と走った。国道だった。

あたまむし（頭の高さに飛ぶ羽虫）うわわわうわう集団下校

つよく吹きすぎると黙るピアニカはハーモニカとは似てない顔で

空白の原稿用紙ひとマスは注射のあとにはりつけたまま

凍らせた麦茶のなかにもっている　ゆがんで溶ける水平線を

「せんせーにゆってやろー」って放課後の廊下にひびく足踏みオルガン

給食はつらくてながくながくながくパンの袋で糸を紡いだ

『スズキヘキ童謡集』のカタカナをたどるゆびさき「ヒョーント、ヒトリ」

水田の五月生まれのミジンコのおなかいっぱいみどりのひかり

ゆうぐれの有人島の桟橋に真水を積んだ船は寄り添う

「今月の組み立てふろく」のりしろがずれてゆがんだ太陽の塔

のりしろのしろは白だと思ってた　住友童話館は虹だった

おんなのこだってかなしい最終回　猫がさらっていく宇宙船

ナガミヒナゲシ

帰化植物リスト　なまえをてんてんとつないで春の星座の記憶

なつかしい野原はみんなとおくから来たものたちでできていました

ゆれていたニワゼキショウもスズガヤも酒屋のあかい煙突の下

そらのみなとみずのみなとかぜのみなとゆめのみなとに種はこぼれる

ある年の数字がならぶ「ナガミヒナゲシ　発見」と検索すれば

おそらくは五月　だれかのつまさきが一日だけの花のほうへと

その年にどこかからわたしも着いた陸半球の縁ぎりぎりに

ちいさくてかるいからだはきづかれずきずつけられず運ばれてゆく

夥という字書いてみつめる実のなかにぎっしりとある意志をみつめる

ちがう生きものになりそう石けんの香りのつよい箱に入れたら

砂時計はんぶんにした実のかたち国道沿いに殖えてゆくもの

六月の信号待ちのトラックの濡れたタイヤにはりつく未来

目玉っぽくないほうつぶつぶしたほうがまだあたらしいあかりなんだよ
標識の「4」を消しそして「0」を消しそれから雲を指すアレチウリ
矮小化個体の種子にしるされるだろうブロック塀の匂いが
かっちりと四角で信じられていた岩波少年文庫のせなか

『カッレくんの冒険』の奥付をみる　あの花よりも先に来ていた

北限のさらにかなたの平原をエーヴァ・ロッタは走りつづける

猫ときみたちの特権　塀のうえ月のひかりを道とすること

こわいものみつけるまえにさくらんぼひとつかみしたきみのてのひら

白っぽい一日でした　綿毛羽虫ひこうき雲で大気はみちて

もう着ないほうがいいよと母が言うオレンジ色のうすい夏服

あれは何だったのだろう小児科で「自家中毒」と言われる熱は

カーテンの傷口（やがて風を孕む一枚の帆）を縫う美化委員

風がふきこんだときだけ窓ぎわのひとりはひとりの繭にはいれる

動力はねじれた気持ち坂道でとまってしまう糸巻き車

完璧なロゼットになれなくたって体育座りで空をみるから

作戦と夜と一羽の鳥を経てあたまのうえにひかるヤドリギ

駅になるはずの野原を踏みにきた靴にはバンクシードが群れる

くりかえし砂の時計のうちがわに降る降る風に吹かれない砂

天文館につづく坂道

学校のとなりの文房具屋さんで売っていた藁半紙は、二枚で一円だった。えんぴつで書いた「犬たちの原っぱ」という藁半紙八枚分の物語が残っている。五年生の夏休みの自由課題だ。

勇敢なのら犬が悪いやつらと戦う、というベタな勧善懲悪物語なのに、川底で水晶の砂がひかったりリンドウの花粉が青白い月光の中に散ったり……と意味不明な描写が出てくる。

わたしはそのとき、「銀河鉄道の夜」のような情景を書きたかったらしい。

除かれた星の模型が芽をふいたプラネタリウム裏の林で

ダイヤモンドゲームの駒を青と決めいちばん遠い場所にゆく旅

ゆらゆらと雲母は剝がれ傷のある泉の底に鼓動はつづく

台風の名前となってコップ座は駆けるアジアの波すれすれに

太陽のほうを向くしかない頭　どの彗星も風に吹かれて

「博士、居てくれたのですね」全集の十二巻めに銀河の帯が

メローペも鳩にかわって真空のなかの羽毛はまっすぐ落ちる

船便はあかるい土へ三等星ばかりの空をよこぎってゆく

からすうりほどのあかりを孵卵器のなかにのこして夜道へ帰る

眠れるのですかあかるいところでも卵のなかの鳥のこころは

あたらしい砂利のあいだで自転車のタイヤの幅の銀河は育つ

さっきまで空にいたよ、とこの腕につかまる鳩の指あたたかい

惑星がひとつすくなくなった夜　飛べない鳥の内臓を煮る

いまじぶんあんな高さにいるものは半月だからおどろかないで

もう消えていった星からひかりだけとどいてぼくの願いに触れる

青い星のほうが熱いとつぶやけばゆるくねじれるさそりのしっぽ

あたたかなまぶたを持たぬものたちはとりのこされて正夢のなか

月光はまだ肺のなか　朗読のマイクの向こうもう暗くなる

ホタルではないわたしにも夜のなかとどいてしまう蛍の匂い

くらやみを掬うかたちは崩さずに七つの星が夜空をめぐる

近づいてゆく窓でした　永遠のひだまりなんてない月面に

青空チャイム

おはようは坂のてっぺん　ジグザグに蜜柑畑をぬければ予鈴

港からしっぽをのばすむらさきの島の向こうへ次の春へと

理科室の三本脚の木の椅子に海をゆめみる理由を告げた

せかいじゅうひとふでがきの風めぐるどこからはじめたっていいんだ

ゆうぐれに学園ドラマ主題歌を踏んで疾走するムカデたち

うらがわを見せてくれてる　それはまだこわれていない機械のつばさ

ひとつだけあかるい場所をつくるため重い暗幕かかえて進め

ステージの壁にぴたぴた演劇部一年ヤモリ部隊と名乗る

校庭は鳥獣保護区のまんなかでおおきな春に守られていた

この街の六時のサイレンは半音くるっていると言った先生

ぼくたちは昔の地図の竜がいた辺りをきょうも踏んでしまった

屋上の熱を背中にうけとめて向き合え空をとぶものたちと

滑空はできないぼくがあとずさりしながら降りるムササビタワー

分子ひとつの決意はいつも正しくて金平糖の角がふくらむ

ぼくにだけ見えないぼくの弱点に目印を貼るスポーツドクター

ほらやっぱりポリプロピレン、とはずんでる　きみに見られたノートの表紙

分度器をふたつに割ったピックだけ残していつのまにか少女は

まっすぐに月に向ければリモコンのようにはたらく懐中電灯

泣かないで飛び立たないで扉たち　蝶番には鎮めのくすり

本棚にかくした手紙

はじめて読んだアリスは、赤い箱に入った少年少女文学全集のもの。挿絵がテニエルではなかった。そしてたしかグリフォンとにせ海亀がちょっとしか出てこなかった。

たまご・たべる・わたし・こわい・アリスです　樹海の底につまさきがある

左目でのぞけるけれどさわれない女王の庭のかけらきらきら

姉さんが（柳が）指をのばしてる入れなかったアリスのゆめに

はじめて読んだムーミンは、『たのしいムーミン一家』山室静訳・講談社・昭和四十五年第五刷。まだ持っている。スナフキンがふいていた楽器は「よこ笛」だった。

ムーミンも一度しか見ていないはず空を横切る金色の蝶

正夢のワクチンとしてムーミンのおなかいっぱい分のまつ葉を

ニョロニョロのにおいがするからきっと雨　銀竜草のひかる林は

スナフキンきこえてますか指笛のＳ・Ｏ・Ｓはあかるいひびき
名前しか知らない花火きえたときムーミン谷はもう秋でした
ギターでもハーモニカでもないきみの春の合図が川のほうから

つるつるしたカバーがついてなかった頃の岩波少年文庫の感触。

バンクスさんが銀行員であったこと思い出す夜のハーディ・ガーディ

プーがいないプー横丁で（こんぽこぽん）いっぱいの雪虫を見あげる

『こそあどの森』（岡田淳作・理論社）で会いたい。

ひところだけが緑に透けているあの暗闇にホタルギツネが

とおくから見れば空色

まちかどに青いガラスの箱が立ちきみの声へとつながっていた

いつからか空の色でもなくなってしずかにとじる電話ボックス

ためいきでどこかへいなくなるくらいちいさな蜘蛛と住んでいる部屋

夕空は晴れてからっぽコウモリのみじかい声が夏を呼んでも

ここから、と決めた数だけ七月のサクラ・ポプラの枝のぬけがら

先生の声（曲線をかくときは息しちゃだめだ）おぼえています

手を挙げる勇気がなくて校庭の真上にのぼる気球をみてた

巻雲は影をもたない　さみしさの自給率だけあがるいちにち

始祖鳥のつばさにふれた金色のチョークの粉がつもる理科室

うらがわに鳥の巣がある信号の青いひかりにたちどまる朝

観覧車あかりをともせ円周をなぞる視線はとおくから来る

まっすぐにとどけられないこといくつ？　すきまだらけで飛ぶぼたん雪

ひらひらのガラスの鉢におよいでる嫉妬は「上から見る」が正しい

まよなかの電子辞書から呼びだせばうたってくれるワライカワセミ

告白は二十五グラムぴったりで要約するとなにもなくなる

質問をゆるします、って昼までにあと二回言うための冷水

干潟再生実験中の水底に貝のかたちでねむるものたち

うらにわの日はいつまでも明るくて萌える崩れるたんぽぽのくに

みずいろの花吹雪

卒業のうたで泣きそびれたふたり似てない姉妹みたいでしょうか

ミジンコは瞬間移動しつづける　みんなおとなになってしまった

制服と制服のすきまの春に白い時計の刺繍をのこす

オオイヌノフグリの花をぽろぽろと落としてわらう長いゆびさき

てのひらを青でみたしてこの子だけきっと春からゆるされている
川面へときみが降らせるみずいろの吹雪にきょうも泣けないわたし

メルカトル図法の時間

春はまだ始発列車の風もまだ　はばたくまえの羽状複葉

貨物列車専用時刻表どおり通過する影　きみがみえない

会うたびに雲に似てくる　海沿いの小学校の庭のクスノキ

かわらないことをぷつぷつたしかめるレンゲの茎の断面は星

君の手の海をふくんだ蜻蛉玉とんぼのめだまどっちがとおい

かなわない恋です「ＢＡＲＢＥＲキヨラカ」の赤白青が無限にまわる

さしあげた粘土の犬にゆびの跡　さがしてくれたみつけてくれた

ピアノ＠音楽室に会えないと泣いてるピアノ＠体育館

海水と無数の傷に包まれたまるい硝子のとなりにいるよ

サザエさんのテーマソングを短調にうつして夕陽色のハモニカ

メルカトル図法で淡くひろがったグリーンランドのような錯覚

流星がころんことりとたちどまるわたしの屋根のかたむきぐあい

ひとりのこらずしあわせ、と春ごとに校歌はくりかえしくりかえし
とどまれはしない世界に出るために一瞬呼吸をとめるトビウオ
握力はよわくて背筋はつよくて少女もチカラシバも負けない
「印章の店」に犇めく夕焼けにたったひとつのなまえをさがす

完璧なバランスのとき澄んでゆく独楽です（だけど白くならない）

先生がゆびさきだけでうらがえす　ツバメのつばさ色の音盤

おもいでにあるレコードの溝ぜんぶつないだよりも遠くまで来た

うっかりと真昼の星をみてしまいそうな青へとしずませる指

終点に着いたら起こしてくださいね　ゆれてすすんでゆく観覧車

雨かんむりがすこしおもくて

街灯に連絡先があることを四月の雨のなかで教わる

ぎゅううんとサッカーボール雲に触れはねかえるまでひとりがいいの

うらがわが銀の袋はわたしです気圧の低い椅子で待ちます

にわかあめ画用紙の群れにじませて象のせなかにうきあがる地図

「海にいるごっこ」をすればこの岸に雲量ゼロの青満ちてくる

あけがたのにおいがしてるダンボールぼくらの基地の霜注意報

ひとつぶの雹をかくしてひといきにあられやこんこぶつけてあげる

かんむりを消毒しましょう日光と水がいっしょにふりそそぐ日に

草の実と露をお腰につけてきたいきものたちよ　お供をします

どこも霧　杖のささったところからうまれた水のうえ　ぜんぶ霧

ただよっているものどうしときどきはこん、とぶつかるここが海です

露草のはなびら溶けてすじ雲の羽毛ほどけて青だけの場所

スプーンがくるくる雲をうかべるの見えてる？　トオイ・ココロノ・チカラ

「落下セヨ」夜の機体が過ぎたあと雲はいちどに雪にかわった

あざやかによこぎる鳥を待つ空にすきとおるものばかりみなぎる

水中メガネ

ゴーグルじゃなくて、水中メガネ。

それは重いガラスと真っ黒なゴムでできていて、うっかり海に落とせば、あっという間に沈んでしまうのだった。


夏休みのおわり。

ちいさな島の林でうたっていたアブラゼミが、つぎつぎと海面におちてゆく。

夕日を浴びたなまぬるい水で泳ぐわたしは、鳴く影と、もう鳴かない影にかこまれている。

カメノテがやんわりひらく潮だまり波はこのつぎここまでとどく

みちしおのときだけ島になる場所へ痛い陸地をふんでゆきます

「アリス式海岸」だからぎざぎざの道は見えないところへつづく

水中で目をひらいたら底にある白いものだけまるくにじんだ

飛ぶような姿勢でおよぐ真下ではだれかがそっと手を振っている

人魚姫の姉さんたちのまねをしてボートについてゆくわたしたち

「まだ乗れる」ボートから呼ばれるけれどちいさなふねはゆれるからいや

「海ボウズだらけだ」ふねにしがみつくおおきななみはゆれるからすき

ボートから腕を伸ばして先輩が水中メガネでくみあげる海

海面に吸われていったたからものまきちらされたひかりにまぎれ

あきらめる表情を見てしまわないうちにさかさのトビウオになる

ゆびさきがガラスに触れた　来るはずじゃなかったここは金色の砂

水を蹴る　体育館の天井の白いあかりをめざすみたいに

水面があんなにとおいわたしまだ100％水のなかです

今どこを見ているでしょう先輩は100％水のそとです

名を呼んでみればよかったくるしくて胸の空気を出しきるときに

素潜りの名人だねとわらわれて夏合宿はまもなくおわる

うまれでた日にもつかのま見た空の記憶をなぞり落ちてゆく蟬

干したTシャツをはずせばくるくるとねむりにおちるせんたくばさみ

「二学期になったらここで詩のノートみせてください」風の桟橋

少年イノシシ

ひとまわり始祖鳥よりもちぢまった鳩があるいてくるよこちらに

きみが来る10時のほうは見ないまま市民ひろばの日時計になる

ぴこぴこん方向指示器まねしてる人とこのあと南へ曲がる

「中学のときイノシシと呼ばれてた」ああその走り方は、そうだね

女子の制服のリボンは白とだけ知ってる　あなたの母校について

イノシシがすきだからってどんぐりをあげたらペンで顔を描いてた

「百メートル走ろう」もぎとられてゆく　むだにおもたいわたしのかばん

待ちぼうけ姫は銀杏の葉をぜんぶトッポ・ジージョに変えてるところ

樟の実を踏んでその音に笑ったあなたはわたしよりもやさしい

サイコロキャラメルの箱をころがすよ「5が出る」または「きみが来る」まで

彗星のあたまってこの色ですか　よごれた雪のうさぎをなでる

ほんとうの手紙かくから烏瓜ランプの下でお待ちください

ほら「子供踊印」のオブラート　これは告白なんかじゃないよ
次に泣く夕方のためうけとめる特濃ミルク飴のひとつぶ

どのくらい遠くをみてる？　巻雲の高さをそっと調べる真昼
セーターにきゅっとつかまるイノコヅチいつかひとりでめざめるために

化けそこなったタヌキのこともみてほしい赤いクスの葉降る降るとまる

待たされて犬が吠えはじめています　今しか言えないことがあるのに

あの雨に透明な傘さしてればあと3センチ顔上げてれば

「きみだってころんだじゃない」無事だったソフトクリームとおくまで雪

ふりむかないで走れたよ信号のカッコーカッコーもうきこえない

とんちんかんのとんは道頓堀のとん　かなしい朝にラジオは告げる

おさがりの参考書燃やせないまま銅の炎色反応は青

見なくてもわかる　明るい場所がある　あるくわたしを月がみている

ミドリツキノワ

熊は、羊の記憶をもっている。
あと、ほんのわずかの硝子と金属と白い花の記憶。

熊の輪郭は、日光にふわふわ溶けそうなやわらかさ。
だけど、ポプラの枝にぶらさがっても、熊はポプラといれかわらない。
わたしは、深呼吸すればすこしだけ、ポプラといれかわることができるのに。

熊の手を借りて落ち葉をあつめたら三割くらいドングリでした

キヨスクのひとと熊とはみとめあう特濃ミルク飴を選んで

ペットボトルロケット型の空洞を晴れた一日のまんなかにおく

特訓中「うさぎのダンス」は句跨りトマト／トマトト／マトトマ／トトマ

熊はきらきらとみている乾燥剤青くしてゆくレンジのうなり

きょうからは夏帽子だね　はねている熊の毛先もレモン色です

「葉」と打てば変換候補のひとつには何かを叫んでいるサボテン

スキナベーブ溶かしたお湯にひるがえる熱のある日の一反もめん

たまごかけごはんぐるぐるまぜている卵うまない熊とわたしで

しびびびと歌えなかったさやだけが正体あかす烏野豌豆

自販機の紙のコップのカプチーノふたつふにゃふにゃ乾杯しよう

ほんとうは段差でつまずいたんでしょう?　踊ったふりのハエトリグモは

林から銀竜草のひとむれを連れ出したので五月の嵐

しまパジャマ水玉パジャマ熊パジャマこのままパジャマさかさまパジャマ

とりのかお　オクラのみどり　リスのドア　あけがたのゆめ　めざましのおと

ひとりごと？　ひとりうたですアマリリス歌ってたのは炊飯器です

お砂糖はかきまぜないでシュリーレンシュリーレンって陽炎を呼ぶ

全円のフレアスカートくるっくる来ない待ってるてるてるぼうず

悩んでるあいだも熊のあしおとはランタナランタナ垣根をめぐる

眠れない熊にきかせる月夜からはじまるほうの次郎物語

玉ねぎは球根　つつむ手のなかのかたいひかりがわずかに外へ

題名をつけてほしがる真夜中の野菜スープもへんてこな詩も

コカリナをさがして

木の笛をふいてください　とおくてもきみの呼吸がきこえるように

*

たいせつなこと書く欄がありません遺失届をうらがえしても

下のシも吹けますきみを呼ぶときのすこし迷ったままの呼吸で

「日本野鳥の会」にいたという人よ　わたしをかぞえたことありますか

てっぺんの見えないセンペルセコイアの下で樹のことだけを話した

なくなったのではなくなくしたのです主語は笛にはなれないわたし

地球ではおとしたひととおとされたものがおんなじ速さでまわる

この風がとどく範囲のかくれんぼ金木犀の鬼よちらばれ

いっせいに首をふるけどひとりくらい実は見ていたんでしょ？　コスモス

休田と知らない花の足もとにホウネンエビの卵は眠る

この場所にふたたび水が満ちる日に孵化しはじめるものうかぶもの

葉緑素抱えた眠らない蝦がひかりを吸って泳ぐ水田

閉ざされた場所から音が生まれてるたとえば蓮の根の穴のなか

さかさまにたどれば読めるこの道はすべて暗号入りの石ころ

即興のメロディきみは忘れてる廊下で吹いてくれたことさえ

あの音を刻みたかった　レコードの針を指紋の渦巻きに乗せ
バス停に結ばれているスカーフは春から待っていたような色
なくしたひとではないひとのゆびさきがむすんだままのかたちでずっと
葉音・羽音・そのどちらでもない音もかさなっている林の地層

矢印がふるえて示す竹林の奥の石段の奥の朱色

蜘蛛の糸切って二秒後とおせんぼされてたことに思い当たった

耳のなか夕焼けですか金色の単三電池くわえた狐

信号の点滅さっきより速いアキラメマスカナキヤミマスカ

もう土に還るつもりでいるのならイタヤカエデの巨木にもどれ

遺失物集めた部屋は天井が遠いね　そこへ「旅愁」はとどく

川のうた

あした産む卵を持ったままで飛ぶ　ツバメは川面すれすれにとぶ

「つばめ草」と名づけて呼べばほそい実は半分羽をひろげて空へ

日没のあとのあかるさ葦原の磁力に呼ばれ鳥たちが降る

おなじ草がおなじツバメに会う奇跡（みたいに川幅いっぱいの空）

鳴きかわす五千の声のいくつかはもう旅立ちを決めているのか

三グラム増えないものは残されてあしたもここでねむる若鳥

ここにいる、ここにいない、と川のうた　真上の空もながれつづけて

いっせいに黙るツバメよ　輪郭を消す葦原もとおくの海も

すきとおるためにある穂がまた動く　ススキは川の日暮れにうごく

キリトリセン

「地下道でうたってるひとみたいだ」と言われたたぶん帽子のせいで

会うまでに横切る川のいくつかで犬の化石がつくられている

うしろから来る口笛を待つために星の揺れない速度であるく

雲はどこまでもゆきます　留守電がつぶやく午後の有限会社

チケットの切り取り線がやわらかくはなれてしまうポケットのなか

「話しかけないでください」って揺れる運転士さんのうしろでゆれる

光らない一本の竹ひんやりとだきしめている　きみのちかくで

これ以上海月の呼吸見ていてはだめだひみつもほどけてしまう

困るよね　花火の響きだけきいて書いた手紙だ、って言われても

彼岸花ほら彼岸花ゆびさしたものはこのあとひみつにかわる

ハモニカをつつみこんでる手のかたち影絵の鳥がうまれるまえの

影ばかり見てしまう席　指・マイク・帽子・立てかけられてるギター

足首がさらさらしずむゆうやけの砂漠のような帽子のへこみ

ユリカモメ冬の視界を埋めつくせ　この橋の名を知らないひとの

空と耳のあいだにきみの声満ちてなにも降らない二月が終わる

「しゃぼん玉とどいた。」「しゃぼん玉割れた。」風にとけない句点のこして

あのひとがおしえてくれた折り紙はからまわりするわたしのかたち

プチトマトひとつをまるくするものはせなかあわせのふたつの部屋だ

からっぽのビオトープにも雨が満ちヤゴが生まれてきたよさよなら

大阪の蛙はずっと背伸びしてわたしとちがう過去をみている

ながいこと煮つめたもののうちたしかふたつくらいが褒められた恋

そんな魚見た、って風の向こうからわたしをゆびさしてくれたよね

窓をみあげる

うわのそら、ってどこですか手をつなぐ右のカエデと左のケヤキ

似ていない木と木の間あるいたら「きつねの窓」のかたちの空だ

おしえないたちどまらない菱形の窓はひとりでのぞきこむ窓

「あるく木」と「そだつ木」に会うものがたり中途半端な樹は揺れるだけ

眼であるとすればおおきくおそろしく狐の影のひとみはひかる

こっそりと鏡を（きみを）見上げてた下りの（秋の）エスカレーター

ひとさしゆびおやゆび空をきりとって桔梗の青がきえないうちに

灰色の雪がうまれておちてくるそれまでずっと窓をみあげる

ジャマロ・バンブルリリイという蛾

六月三十日
ステンレスの銀世界を歩くあおむしに会う。
洗ったばかりの三種類の野菜のうち、どれについてきたのかわからない。
モンシロチョウになるかな、と期待するが、残り物のレタスをわしゃわしゃ食べる好き嫌いのなさがどうも怪しい。

七月四日
瓶から脱走。
蓋代わりにかぶせて輪ゴムでとめておいたペーパータオルに、みごとな真円の穴があいていた。

七月七日
蛹になる最後の一瞬、幼虫の皮のかけらを飛ばすところを目撃。
蛹化に必要かもしれないと入れておいた棒にも登らず、瓶のふちにもくっつかず、底にごろんところがったままだ。
どうも「夜盗蛾」らしい。

七月十日
うれしいおそろしい電話がかかる。

七月二十二日
日蝕は小雨で見られなかった。夕方帰宅すると瓶の中で羽化していたちいさな蛾。
それが飛び立った瞬間、なつかしい名前をおもいだした。

ブロッコリー蕾ノ船ハドコデスカ覚メレバマワリミンナ銀色

*

いちまいの紙をへだてきみが出て／入っていった世界がふたつ

星が星をよこぎるようなスピードでレタスのみどり消していたのに

本棚の下から壜に連れもどす　眠いのだろうもう青くない

部分蝕の日はあらかじめ知らされてまっすぐ見てはだめと言われて

クラッカー・麦わら帽子　木洩れ日を増やす装置をととのえている

とおりゃんせ　ちいさな穴をくぐりぬけ映ったものは見てもよろしい

薄皮をむいた銀杏そっくりなできたばかりの蛹のみどり
あかるさやつめたささその他うけとめて蛹は色をじぶんできめた
しなくてもいいのにどこにもつかまっていない蛹の心配をする
土を探していたんだね欲しかったものは小枝じゃなかったんだね

パーティション復元中の緑色　「残り時間」の減り方が変

たぶん今どろどろなのに地平線かたむけたならぴくりとうごく

飴色に蛹はかわる　まっしぐらに忘れる途中とわかる　見とれる

泣いた場所おぼえていても泣いていたときのきもちをわすれるわたし

大声で反対側の歩道から呼ばれた街を（おぼえています）
台風がつぎつぎに来たあの秋は……何年のこと？（わすれかけてる）
海と地図の出てくる歌の題名をおそわったのに（わすれてしまう）
片想いは自由におわりにできるってなにかの本に（おもいだせない）

月面で出会ってしまい地球語がとどかないひと（だれでしたっけ）

「おお、そうか。わかった。」と、先生はいいました。「ジャマロ。なるほどな。この国では、虫にも名まえがあるのだな。」（『ドリトル先生月へゆく』ロフティング作・井伏鱒二訳・岩波書店）

飛ぶまえにふるえた翅は鱗粉と「バンブルリリイ！」名前をこぼす

アポロ以前　おおきな虫に乗らないと行けない月があったのでした

一回もひとに教えたことのない名を正確におもいだしたよ
ささやきがどこまでもゆき虫たちの固有名詞でみちていた月
あといくつ夜を盗める　日蝕のあとではじめて飛びたつ虫は
月と日はもうべつべつに沈むころだれも見あげていない曇天

地球蝕みていましたかその影をすこしはずれた場所にいました

あとがき

『ミドリツキノワ』は、私の第一歌集です。二〇一〇年三月の「未来短歌会」入会よりも前の作品から、三七三首を選んでまとめました。

「ナガミヒナゲシ」（「短歌研究」二〇〇九年九月号）と「窓をみあげる」（朝日新聞「あるきだす言葉たち」二〇〇九年十二月）の章は初出のまま。そのほかの章は、「短歌研究」誌のほか左記のところへの発表作・投稿作・講座への提出作などを中心に、制作順と関係なく構成しました。多くの場で武者修行をさせていただけたことと、そこでたくさんの仲間に会えたことに、感謝のきもちをこめて一覧を挙げます。（二〇〇八年三月以前、「おとくにすぎな」名で発表していた歌もあります。）

《雑誌・新聞》「ダ・ヴィンチ」「短歌（公募短歌館）」「毎日新聞」
《インターネット》「題詠 blog 2006～2009」「笹短歌ドットコム」
《ＮＨＫラジオ・テレビ》「土曜の夜はケータイ短歌」「夜はぷちぷちケータ

イ短歌」「BS短歌スペシャル」「ニッポン全国短歌日和」「NHK全国短歌大会」

《講座》京都精華大学 shin-bi／朝日カルチャー千里／同芦屋（穂村弘先生）・朝日カルチャー新宿（笹公人先生）・朝日カルチャー栄（荻原裕幸先生）

現在は、「未来」で加藤治郎先生や多くの先輩方にお世話になりつつ、ひきつづき修行中です。加藤先生には、わがままな構成の原稿をみていただき、きめこまかいアドバイスと栞文をいただきました。さらに、敬愛する穂村弘さんと松村由利子さんからも栞文をいただいて、こんなにしあわせな本になりました。ありがとうございます。

「黒猫文具店（仮名）」の猫町フミヲさんには、カバーと各章の扉にすてきな手書き文字をいただきました。以前、お店のサンプルノートに私の歌を書いてくれたのを、こっそり見にいったことを思い出します。ありがとう！

そして、歌集が形になるまで、何もわかっていない作者を導いて下さった堀山和子さん・菊池洋美さんはじめ短歌研究社のみなさま、本当にお世話になりました。ありがとうございました。

二〇一一年三月　　やすたけまり

著者略歴

2005年　短歌をつくりはじめる。

2009年　「ナガミヒナゲシ」30首で第52回短歌研究新人賞受賞。

2010年3月　未来短歌会入会。

ブログ「すぎな野原をあるいてゆけば」
http://blog.goo.ne.jp/sugina-musicland/

省検
略印

平成二十三年五月十二日　印刷発行

歌集　ミドリツキノワ

定価　本体一七〇〇円（税別）

著者　やすたけまり
郵便番号六一七—〇八三三
京都府長岡京市神足太田三一—六

発行者　堀山和子

発行所　短歌研究社
郵便番号一一二—〇〇一三
東京都文京区音羽一—一七—一四　音羽YKビル
電話〇三（三九四四）四八二二・四八三三番
振替〇〇一九〇—九—二四三七五番

印刷者　東京研文社
製本者　牧製本

ISBN 978-4-86272-234-8　C0092　¥1700E

短歌研究社　出版目録

＊価格は本体価格（税別）です。

歌集	雨の日の回顧展	加藤治郎著	A5判	二〇八頁	三〇〇〇円	〒二〇〇円
歌集	世界をのぞむ家	三枝昂之著	四六判	二二四頁	三〇〇〇円	〒二〇〇円
歌集	ジャダ	藤原龍一郎著	A5判	二〇〇頁	三〇〇〇円	〒二〇〇円
歌集	明媚な闇	尾崎まゆみ著	四六判	一七六頁	二六六七円	〒二〇〇円
歌集	大女伝説	松村由利子著	四六判	一七六頁	二五〇〇円	〒二〇〇円
歌集	薔薇図譜	三井修著	A5判	二四〇頁	三〇〇〇円	〒二〇〇円
歌集	天意	桑原正紀著	四六判	一九二頁	二七〇〇円	〒二〇〇円
歌集	蓬歳断想録	島田修三著	A5判	二〇八頁	三〇〇〇円	〒二〇〇円
歌集	天地眼	蒔田さくら子著	四六判	一九六頁	三〇〇〇円	〒二〇〇円
文庫本	大西民子歌集（増補『風の曼陀羅』）	大西民子著		二一六頁	一七九六円	〒一〇〇円
文庫本	馬場あき子歌集	馬場あき子著		一七六頁	一二〇〇円	〒一〇〇円
文庫本	島田修二歌集（増補『行路』）	島田修二著		二四八頁	一七一四円	〒一〇〇円
文庫本	塚本邦雄歌集	塚本邦雄著		二〇八頁	一七四八円	〒一〇〇円
文庫本	上田三四二全歌集	上田三四二著		三八四頁	二七一八円	〒一〇〇円
文庫本	春日井建歌集	春日井建著		一八四頁	一九〇五円	〒一〇〇円
文庫本	佐佐木幸綱歌集	佐佐木幸綱著		二〇八頁	一九〇五円	〒一〇〇円
文庫本	高野公彦歌集	高野公彦著		一九二頁	一九〇五円	〒一〇〇円
文庫本	続馬場あき子歌集	馬場あき子著		一九二頁	一九〇五円	〒一〇〇円
文庫本	前登志夫歌集	前登志夫著		二〇八頁	一九〇五円	〒一〇〇円